OLIVIA
y el regalo de Navidad

adaptado por Farrah McDoogle

basado en el guión "La sorpresa navideña de Olivia" escrito por Scott Sonneborn

traducción de Alexis Romay   ilustrado por Shane L. Johnson

Simon & Schuster Libros para niños
Nueva York   Londres   Toronto   Sydney   Nueva Delhi

Basado en la serie de televisión *OLIVIA*™ que se presenta en Nickelodeon™

SIMON & SCHUSTER LIBROS PARA NIÑOS
Publicado bajo el sello editorial de la División Infantil de Simon & Schuster
1230 Avenue of the Americas, New York, New York 10020
Primera edición en lengua española, 2012
OLIVIA TM Ian Falconer Ink Unlimited, Inc. y © 2012 Ian Falconer y Classic Media, LLC
Todos los derechos reservados, incluido el derecho a la reproducción total o parcial en cualquier formato.
SIMON & SCHUSTER LIBROS PARA NIÑOS y el colofón son marcas registradas de Simon & Schuster, Inc.
Publicado originalmente en inglés en 2011 con el título *Olivia and the Christmas Present* por Simon Spotlight,
bajo el sello editorial de la División Infantil de Simon & Schuster.
Traducción de Alexis Romay
Para obtener información respecto a descuentos especiales en ventas al por mayor, diríjase a Simon & Schuster
Special Sales al 1-866-506-1949 o a la siguiente dirección electrónica: business@simonandschuster.com.
Fabricado en los Estados Unidos de América 0812 LAK
10 9 8 7 6 5 4 3 2 1
ISBN 978-1-4424-6568-8
ISBN 978-1-4424-6570-1 (eBook)

Este libro pertenece a

_____

Era la víspera de Navidad y Olivia tenía que ocuparse de algo muy importante y súper secreto. Pasó muy silenciosamente por donde estaban su papá y su mamá, que en ese momento cantaban villancicos navideños.

—Arbolito, arbolito, muy bonito te pondré. Quiero que seas bonito...

—cantaban.

Olivia subió las escaleras a toda prisa, con Perry que la seguía de cerca.

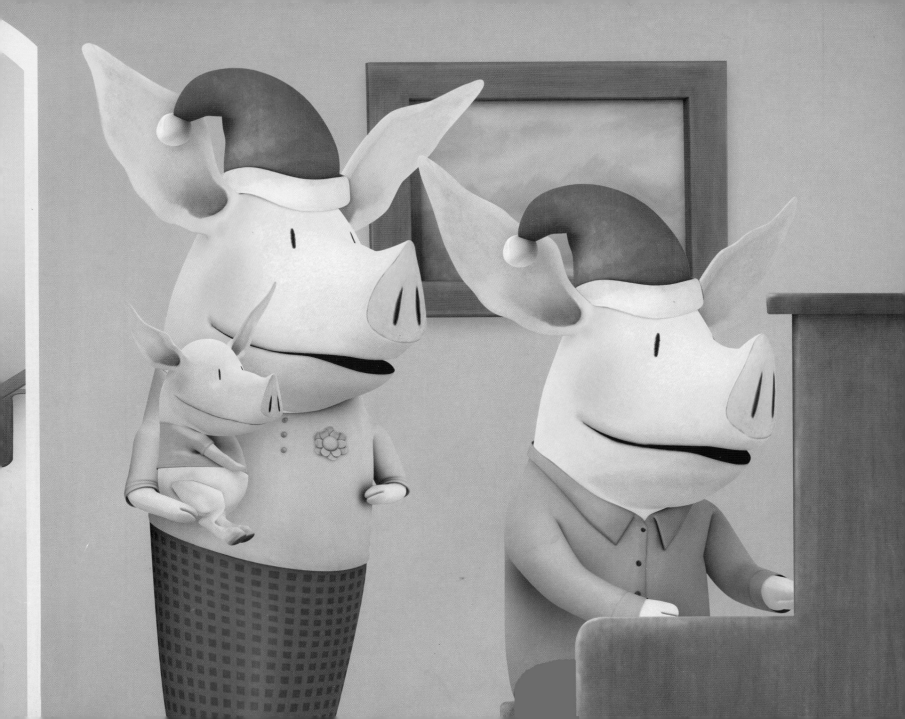

—Perry, aquí no hay comida —explicó Olivia mientras ponía su tetera en la cama—. ¡Pero lo que está adentro es incluso mejor! Luego de comprobar que la puerta de su cuarto estaba bien cerrada, Olivia metió la mano dentro de la tetera y sacó un juguete muy popular: el pingüino Poco Loco. —Es mi regalo de Navidad para Ian— le dijo a Perry—. ¡Es el regalo más perfecto desde que el mundo es mundo!

Perry, que estaba de acuerdo, ladró con entusiasmo.

—Ahora a envolverlo —dijo Olivia mientras
intentaba encontrar papel de regalo en su baúl—.
¡Perry, ladra si escuchas que viene Ian!

Con el regalo perfectamente envuelto, Olivia le encontró un lugar bajo el árbol de Navidad. —¡Ian! —gritó al ver a su hermano oculto tras el árbol—, ¿estás espiando para ver tus regalos?

—No. Sí... ¿tal vez? —respondió Ian.

—¡No espíes! ¡Vas a arruinar la sorpresa! —exclamó Olivia.

—¡Pero soy un adivinador bueno! —dijo Ian.

Olivia sabía que Ian tenía razón: era el mejor adivinador de regalos que había conocido. Pero Olivia también sabía que no podía permitir que Ian adivinara ese regalo. ¡Tenía que mantener la sorpresa!

—¿Qué cosa es? —preguntó Ian mientras intentaba agarrar el regalo. Olivia salió disparada hacia su cuarto y pegó un portazo antes de que Ian pudiera entrar.

Luego de un momento, Olivia abrió la puerta lentamente a ver si no había nadie en el pasillo... ¡y ahí estaba Ian!

—Entonces, ¿qué me vas a regalar? —insistió Ian. Olivia volvió a cerrar la puerta de un portazo.

—Me hace falta un buen escondite para este regalo —se dijo Olivia. Decidió pedirle ayuda a Francine.

—Oye, Francine… —la llamó. Antes de que Olivia pudiera terminar la oración, Francine apareció a su lado—. Me hace falta un buen escondite para el regalo de Ian —terminó de decir Olivia.

—Deberíamos esconderlo en un lugar al que Ian nunca va —sugirió Francine. Olivia sonrió. Tenía el lugar perfecto en mente.

—La ropa sucia de Ian —explicó Olivia
mientras señalaba la cesta del baño—.
Él nunca ni siquiera pasa
cerca de la cesta de la ropa sucia.
—¡Problema resuelto!
—dijo Francine.

Unos segundos más tarde, mamá entró
en el baño.

—Hola, niñas —dijo mientras recogía las
ropas de la cesta—. Voy a lavar otra muda
de ropa antes de Navidad.

—¡El regalo! —gritaron Olivia y Francine.

—Por poquito —dijo Francine.

Con el juguete a salvo, en sus manos, Olivia se puso a pensar en otro escondite.

No hay ningún lugar seguro en esta casa para esconder el regalo —dijo Francine.

—¡Tienes razón! —exclamó Olivia—. Solo nos queda una cosa por hacer… ¡tenemos que salir de la casa!

Afuera, Olivia y Francine encontraron el escondite perfecto debajo de un cubo rojo.

—Nadie encontrará el regalo aquí —dijo Olivia.

—¡Fabuloso! Me voy a casa a colgar mis medias en la chimenea —dijo Francine mientras se despedía con la mano—. ¡Feliz Navidad, Olivia!

—¡Feliz Navidad, Francine! —respondió Olivia—. ¡Gracias por ayudarme!

A la mañana siguiente, Olivia se despertó pensando única y exclusivamente en una cosa.
—¡Es Navidad! —gritó, mientras atravesaba la casa corriendo, rumbo al patio—. Es hora
de buscar… la sorpresa de Navidad de Ian. Olivia se quedó boquiabierta al verlo todo
cubierto de nieve. —Vamos, Perry —gritó mientras tomaba la pala—. ¡Tenemos que excavar
para encontrar el regalo de Ian!

Olivia y Perry empezaron a excavar, buscando el cubo rojo con el regalo de Ian. Perry encontró una cosa roja... pero era solo una bicicleta.

—Sigue excavando —le indicó Olivia. Pero no valía la pena... había muchísima nieve.

—Tendría que ser una máquina para poder deshacerme de toda esta nieve —se dijo Olivia—. Me pregunto si...

Olivia se imaginó cómo sería si ella fuera un robot volador con poderosos chorros de aire que salieran de sus pies...

—¡Es hora de hacer que toda esta nieve vuele por los aires! —declara Olivia mientras comienza a limpiar el patio—. ¡Ta ta!

Olivia sabía qué hacer.
Se volvió hacia Perry.
—La barredora de nieve
—le dijo.

Al poco rato Olivia había hecho su propia barredora de nieve. La nieve estaba volando por todas partes. —¡Está funcionando! —gritó Olivia.

Olivia pedaleó más y más fuerte. *¡Fush!* El chorro de aire de la barredora de nieve de Olivia sacó la nieve de encima del cubo rojo. *¡Fush!* Otra racha de viento volteó el cubo rojo.

—¡El regalo de Ian! —gritó Olivia con alegría.

Dentro de la casa, Ian ya estaba mirando entre los regalos que había bajo el árbol.

—¡Es la hora de los regalos! —gritó Ian al ver a Olivia.

—Feliz Navidad, Ian —dijo Olivia mientras le daba su regalo.

—No sé cómo lo hiciste, Olivia, pero esto es una sorpresa —dijo Ian.

—¡El pingüino Poco Loco! —gritó Ian mientras desenvolvía su regalo—. ¡Esta es la mejor Navidad desde que el mundo es mundo!

Ian le dio un apretón al pingüino Poco Loco.

—¿Cuál es el sandwich favorito de una mofeta? —preguntó el pingüino—. ¡El sandwich de queso... apestoso!

Ian soltó una carcajada y le dio a su hermana un fuerte abrazo. Olivia resplandeció.

—¿Entonces Santa hizo su tarea este año? —preguntó la mamá de Olivia,
cuando ya era de noche.

—¡Muy bien! —respondió Olivia—. ¡Me encantan todos mis regalos! Pero mi favorito es el
regalo con el que sorprendí a Ian.

—No me sorprende —dijo la mamá—. Fue un regalo maravilloso de una niña maravillosa.
Buenas noches, Olivia. Y feliz Navidad...

—Buenas noches, mamá —dijo Olivia.